Melany de Isabeau

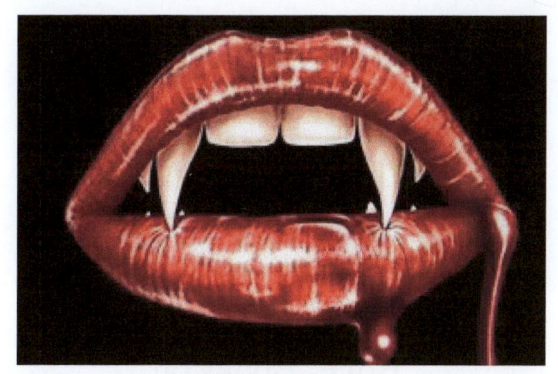

MEIN RETTER EIN VAMPIR

Roman

Herstellung und Verlag:
BoD - Books on
Demand, Norderstedt
ISBN:9783755777885

Prolog

Ich wache in einem Schatten auf, es ist bitter kalt im nirgendwo.Ein Monster hält mich in einer je kalten Zelle gefangen. Das Monster das ich nie mehr sehen wollte, dennoch gelingt es mir erfolgreich die Flucht und finde eine Beherbergung bei einer Familie, dessen Vater einn Vampir ist. Sie helfen mir mich in Sicherheit zu bringen und versorgen mich sehr freundlich. Dazu habe ich eine neue Freundin für mich gefunden. Ihr Name ist Layana. Der kleine Lichtschein den ich in meiner derartigen Situation gebracht habe. Dennoch versuchen sie mich zu finden aber die Familie passt gut auf mich auf. Layana ist je tagsüber immer unterwegs, anscheinend ist es in dieser Stadt nun

Brauch, dass unendliche Opfer, hier ihren Untergang erleben. Layana und ihre Familie bauen diese Menschen auf und lassen sie in ein neues Leben zurückkehren. Irgendwann bemerke ich, dass ich ihnen vollkommen je vertrauen kann und erzähle ihnen von meinem Schicksal. Wären nun meine Lebenstage nur nicht begrenzt...

*

Die Stimme kommt mir so vertraut vor. Als die Gestalt im Schatten endlich ins Licht kommt, könnte ich am liebsten kotzen. Ein wimmern widerfährt mir leise, er kommt je näher an meinen Käfig und brüllt je laut hindurch. „Schau was du mir angetan hast! Wegen dir hat sie mich jedoch so verunstalten lassen. Du bist eine Plage! Ein Nichts, was schert Maona sich je an dir, warum bist du für sie besonders?" Ich zucke augenblicklich bei seinem harten Tonfall zusammen. Es ist Balera der mich hier je eingesperrt hat, ich war noch nie so hilflos wie jetzt. Er ist nur nicht der Mann mehr den ich je kennenlernen durfte,, er hat sich äußerlich sehr verändert aber innerlich ist er immer noch ein Tyran. In seinem Gesicht zieren sich unendliche Narben, über sein rechtes Auge klebt eine Augenabdeckung, ich betrachte ihn weiter, er hat ziemlich abgenommen, er hat jedoch einen langen Bart bekommen. Kleinlaut bringe ich noch hervor, die Kraft fehlt mir im Moment:„Das hast du nur zurecht verdient, was du mir als Mensch je angetan hast, war noch bitterer und schlimmer als nun deine Kleinigkeiten. Er braust nun auf und funkelt mich an aber das scheint nun seine Sorge weniger. Denn er lacht einfach laut auf.„Ich korrigiere Weib! Du bist noch ein Mensch, solange du nicht die Verwandlung vollendet hast, bist di immer noch ein Mensch aber bis zum Ende dieser Woche habe ich dich ja los, dann wirst du elendig je alleine sterben, das macht die Sache je noch erfreulicher für mich!" Ich werde panisch. „Das kann gar nicht stimmen ich bin gestern gestorben und habe Aljeca sein Blut in mein Körper gesogen. Ich bin jetzt ein Vampir, du versuchst mich nur einzuschüchtern und das klappt nun nicht außerdem bist du ein Feigling wenn du schon andere bittest mich je zu töten!" Er springt ans Gitter. „Wenn du kein Mensch mehr bist, warum kann ich dann deinen Puls hören? Du kennst dich noch gar nicht mit den Verwandlungen aus, bei jeder normal verlaufenden Verwandlung hätte das gereicht aber du hast die Blutzermonie durchgeführt, nach dem ersten Teil der Verwandlung, brauchst du je erneut das Blut deines Geliebten um die Verwandlung zu vervollständigen, erst dann bist du ein Vampir. Ihr habt es mir viel zu einfach gemacht. Keine Sorge, ich wollte dich anfangs wirklich töten aber durch nun euren Schritt, wird dein Körper nach und nach je sterben. Ein qualvoller Tod wird dich erwarten und ich werde bis zum Ende dabei sein und dir dann zusehen, wie verzweifelt du um dein Leben betteln wirst, deine Ewigkeit war kurz." Danach verlässt er einfach diesen Ort.

Nein! Das kann nicht wahr sein. Ich will nicht sterben! Ich will zu Aljeca, ich will zu meinen Ehemann,ich lasse mich auf den kalten Boden je nieder und krümme mich zusammen. Nein, das durfte einfach nicht mein Schicksal werden! Ich sinke in mich zusammen und seitdem ich aufgewacht bin, merke ich immer mehr das er recht hat. Ich werde grausam und alleine sterben ohne noch mal meinen Ehemann gesehen zu haben. Ich bekomme keine Luft mehr, das atmen fällt mir schwer, ich fange an zu schreien aber niemand hört mich. Niemand wird mich finden und mich je retten können. In meiner großen Verzweiflung wächst auch meine Angst immer mehr. Ich muss schlucken aber ich schaffe es einfach nicht meine Tränen zurückhalten. Wie konnte das alles passieren. Durch völliger Erschöpfung muss ich eingeschlafen sein, ich blicke erneut auf aber es hat sich nichts geändert, ich sitze immer noch an diesen dunklen Ort. Mir stiegen erneut die Tränen in die Augen. Ich wische mir nun schnell über meine Augen. Ich darf jetzt nicht aufgeben, ich stehe auf und merke wie schnell mir schwindlig wird.Ich konzentriere mich auf meine Atmung, laufe auf die Gitter langsam zu und rüttel an den Stangen, alles vergebens. Dann fummel ich in meinen Haaren rum, ich muss doch irgendwo noch eine Haarnadel haben, ich finde eine in meinen zerzausten Haar. Erleichtert seufze ich. Dann stecke ich sie in das Schloss um es je zu knacken. Nach einer Weile höre ich das knacken und sie geht quietschend auf, ich schaue mich um und sehe ein Loch in der Wand, es ist ein dunker Tunnel aber vielleicht ist es ein Ausweg. Schnell krabbel ich je hinein, überall sind Spinnenweben aber unter meinen Um

-ständen muss ich mir das schreien je verkneifen. Nach ein paar Minuten kann ich eine kleine Lichtquelle jetzt sehen, ein Waldpfad äußert sich dahinter, nur geht es je ein Stück tiefer hinab. Ich habe überall Schmerzen aber dennoch beiße ich fest meine Zähne zusammen und versuche hinunter zu klettern. Als meine Beine endlich den Boden erreichen, könnte ich am liebsten nun losschreien, was definitiv unangebracht wäre, dennoch versuche ich es, so schnell ich kann loszurennen.Mit jedem Schritt könnte ich am liebsten los zischen aber ich bemühe mich je durchzuhalten. Ich laufe so schnell mich meine Füße nur tragen können. Am Abend komme ich in einem Dorf an, es ist schon dunkel, in einer Seitengasse versuche ich kurz Ruhe zu finden, dennoch muss ich auf der Hut sein, Balera hat bestimmt schon mein Verschwinden bemerkt. Ich sehe ein Fahrrad in der Ecke lehnen. Ich blicke mich je zweimal kurz um und haste auf es zu. Ich springe schnell drauf, dabei zieht ein stechender Schmerz je durch meine Beine. Ich radel so schnell es geht davon, kurz vor Sonnenuntergang komme ich in eine belebte Stadt an wo ich mich in einer erneuten Seitengasse nieder lasse, wo ich ein junges Mädchen antreffe.Sie blickt auf mich herab. „Du hattest wohl keinen guten Start?" Ich schüttelte den Kopf. Sie kniet sich nieder. „Wie heißt du?" Ich überlege und flüstere: „Piana. Mein Name ist Piana und ich brauche auch Hilfe." Sie nickt und pfeift in die je dunkle Gasse, es kommt ein attraktiver Mann auf mich zu, dann zeigt sie nun auf ihn. „Das ist Sonjo, mein Bruder und wir werden dir so schnell helfen wie es geht, so wirst du keine Nacht hier draußen überleben.Nachts laufen hier zwielichte Gestalten rum.' Sonyo hebt mich hoch, ich bin zu erschöpft von alldem und mir fallen meine Augen schwer zu.

Sonnenstrahlen wecken mich und dann plötzlich trifft mich der Blitz und ich schrecke angsterfüllt auf. Ich blicke mich um und finde mich in einem großen weichen Bett wieder. Dies ist aber nicht Aljeca sein Schlafzimmer! Tränen steigen mir in die Augen, ich will zu meinen Ehemann. Ein klopfen erklingt nun an der Tür, panisch starre ich die Tür an. Die Tür geht auf und ich springe schnell aus meinem Bett und verkrieche mich an den Rand des Bettes. Blonde kurze Haare kommen zum Vorschein und dann das Gesicht eines Mädchens.

Ich sehe genauer hin und erkenne sie, sie ist das Mädchen das ich je in der Gasse kennen lernte.Sie kommt langsam herein. „Hi Piana, du brauchst keine Angst vor mir zu haben, ich werde dir nichts tun. Wir haben dir das Leben gerettet, ich habe mich noch gar nicht vorgestellt, ich heiße Layana Tiagos. Sie streckt mir ihre Hand hin und lächelt mich an. Ich nehme langsam ihre Hand entgegen und ihr Blick wird wärmer. „Komm Piana, ich habe das Badezimmer vorbereitet, das ganze Blut an deinem Körper, dazu die Wunden und sicherlich hast du auch Hunger. Ich werde mich um dich kümmern und ich bin ganz sicher, im Nu haben wir dich wieder aufgepäppelt. Dann zerrt sie mich auch schon ins Badezimmer. Sie hilft mir nun beim ausziehen und beim eintritt der Badewanne.Ich lasse mich langsam in die Wanne gleiten und schließe die Augen. Die Wärme tut gut aber die Schmerzen machen sich sofort wieder bemerkbar. Layana legt viele Blüten von verschiedenen Blumen ins Wasser,sie lächelt wieder. „Entspann dich nun ruhig. Die Blüten sollen die helfen dich zu beruhigen. Du bist echt jung, magst du mir erzählen was dir passiert ist?" Ich schüttel verneinend den Kopf, ich vertraue dir noch nicht, um dir zu erzählen, wer ich wirklich bin. Nach dem Bad versorgt sie meine Wunden an manchen Stellen cremte sie mir eine je schmerzlindernde Salbe drauf. Dann gibt sie mir ein warmes Strickkleid und verschwindet schnell nach draußen. Ich bin ihr wirklich dankbar das sie mir eine kurze Pause gönnt unnd mich allein lässt. Es sieht für mich so aus als macht sie das jedoch nicht zum ersten mal.. Ich ziehe mir das Kleid über, trockne mein Haar und kämme es nun vorsichtig durch. Danach binde ich mir einen Pferdeschwanz, sie hat mir auch Schminke parat gelegt, ich nutze sie um mein bleiches Gesicht je aufzufrischen. Dann trete ich aus der Tür hinaus und sie klatscht in die Hände. „Du siehst auch jetzt viel lebendiger aus! Komm mein Vater hat schon extra für dich alle möglichen Speisen für dich je zubereiten lassen." Ich bleibe abrupt stehen. „Dein Vater? Sie lächelt. „Ja und er möchte auch deine Wunden sich ansehen. Ich weiß nicht warum? Aber er ist sehr lieb, wirklich." Dann führt sie mich zu einem großen blonden Mann. Er kommt zu mir prüft je mein Gesicht und lächelt. „Setz dich doch,das Essen wartet auch schon auf dich." Ich setze mich je langsam und überprüfe mein Essen. Layana schaut mich komisch an. Dann schaut ihr Vater sie ernst an. „Layana würdest du uns bitte allein lassen!" Sie nickt schnell und huscht fröhlich davon, dieses Mädchen hat Energie. Dann setzt er sich dazu. „Also Piana, sie kommen bestimmt nicht von hier habe ich recht? Ich meine wir sind hier in Sibirien." Ich muss husten, ist Aljeca überhaupt noch in Kanada? Ich bin so weit entfernt von ihm, es quält mich in meinem Herzen, ich verfluche das die Verwandlung nicht abschließen konnte. Dann sehe ich ihn an. „Nein, ich bin nicht von hier." Er nickt. „Das dachte ich mir bereits, sie sind Amerikanerin. Meine Tochter sagte mir bereite wie sie Sie aufgefun -den haben und das Sie um Hilfe ge- beten haben. Sonyo hatte schon die Befürchtung das Sie sterben werden.'

Ich stehe auf,will mich zu dem Herrn umdrehen doch mich empfängt eher der Schwindel, ich stolpere fast über den Stuhl. Doch meine Hüfte wird gestützt. Ich blicke nun in die beiden Augen des Vaters. „Sie sind je ein Vampir." Er schaut mich iritiert an. Dann will er reden doch ich verliere erneut mein Bewusstsein.

Ich erwache erneut.Layana sitzt an meinem bett, sie schaut mich sehr traurig an. „Piana ich verstehe nicht, ich habe schon so viele Menschen gerettet und sonst hat mir mein Vater geholfen aber dein Zustand ist je so schlecht. Du bist ein Mensch aber unsere Heilmethoden helfen dir gar nicht. Du hast hohes Fieber, dass wir jedoch nicht mit Kräutern behandeln können. Du hast jetzt schon drei Tage geschlafen. Vater ist besorgt um dich.

Er hat solche Symptome je noch nie gesehen. Ich habe immer doch so gut geholfen und mich je um verletzte Menschen gekümmert. Habe ich jetzt versagt?" Ich drücke ihre Hand. „Es ist nicht deine Schuld, ich werde bald sterben und dass war mir bewusst.Tut mir leid. Du bist nicht Schuld niemals." Sie schaut mich mit Tränen in den Augen an. Dann geht die Tür auf und ihr Vater kommt herein. „Layana bitte verlasse auf der Stelle das Zimmer, ich habe eine Medizin gefunden für Piana." Sie huscht nun schnell an ihrem Vater vorbei, ich richte mich langsam auf. „Herr Tiagos, bemühen Sie sich bitte nicht.Ich werde sterben, nichts kann mir helfen." Er nickt. „Es gibt eine Methode. Sie wussten auch sofort was ich bin,deshalb möchte ich bitte wissen, wer Sie wirklich sind." Ich nicke, er kann mir jetzt so oder so nicht mehr helfen. Ich liege hier im Sterben, meine Zeit läuft jetzt ab und Balera er kann glücklich sein, dass mir dieses widerfährt. Ich kann also ehrlich sein. Ich schaue auf meine Hände herab. „Ich heiße nicht Piana. Mein wirklicher Name lautet nun Sia Ores. Ich wusste es an ihrer Schnellig -keit, dass Sie je ein Vampir sind. Ich selbst bin die Ehefrau eines Vampirs.' Er nickt. „Ich verstehe, ich heiße Waraus Tiagos. Miss Ores wieso haben Sie denn nichts gesagt, meine Kinder haben Ihnen das Leben gerettet und wir haben uns wirklich gut um Sie gekümmert. Zudem sind wir wirklich ratlos gewesen, warum die medizinischen Maßnamen bei Ihnen nicht angeschlagen haben. Es macht nun mehr Sinn, Sie befinden sich in der Verwandlungsphase." Ich falte meine Hände zusammen. „Mein Mann und

Ich haben genau vor 5Tagen geheiratet, ich habe die Blutzermonie durchgeführt,wurde aber dann entführt und habe mich zur Flucht geschlagen und den Rest kennen Sie ja bereits. Ich wusste also nicht wirklich wem ich vertrauen kann. Sie sind ein Vampir, Sie wissen so gut wie ich, dass ich sterben werde, sie können mir also nicht im geringsten helfen. Nur mir die letzte Zeit angenehmer machen."
„Die Blutzermonie erfordert nun das erneute Blut ihres Mannes. Sie haben noch 2Tage Zeit und ich habe hier eine sehr alte Kräutermischung die Ihnen das Leben noch 2weitere Tage verlängert aber sie müssen das heute und morgen komplett einnehmen. Ich Verspreche Ihnen, ich werde Sie auch nicht aufgeben, ich werde Ihnen nun helfen ihre versprochene Ewigkeit je erblühen zu lassen.Ihr Entführer wird

Sie nicht bekommen und ich schätze er ist ein Vampir? Ich streiche mir ein Haar hinter mein Ohr. „Das ist wirklich lieb von Ihnen Herr Tiagos. Ich werde die Medizin ordnungsgemäß einnehmen, wie Sie es mir verordnet haben. Ja, er ist ein Vampir und sein Name lautet Balera." Ich schilderte ihm noch das Aussehen von Balera. Dann stellt er mir eine kleine runde Flasche auf mein Nachtkästchen und verlässt den Raum. Ich schaue vorsichtig in den Spiegel und erschreck mich. Mein Gesicht ist blass, meine Haut ist kaputt, meine Haare haben all ihre Farbe verloren und sind verblasst. Ich gleiche mich fast mit einer Toten. Tränen steigen in mir auf, wie konnte das alles nur je passieren. Ich vermisse nun die Wärme von Aljeca. Seine Behutsamkeit, seine Liebe. Ich fühle mich so leer. Mir ist so kalt, mir fehlt jetzt die Wärme die mir immer Aljeca einst gab. Ich ziehe meine Knie je an meinen Oberkörper und press sie fest an mich. Dabei ersticke ich meine Schluchzer in ihnen. Ich fühle mich jedoch so allein. Wie gern wünschte ich mir, das hier wäre nur ein irrer Traum aus dem ich gleich aufwache. Meine Tränen sind nicht zu stoppen, mein Herz sticht so sehr in meiner Brust. Ich kann mich nur an jene Momente erinnern die uns gehören, Streitereien, Liebe, witzige Momente, doch nichts von ihm was mich beruhigen könnte nur eine je eine bittere Leere.

Herr Tiagos kommt eilig ins Zimmer. „Sia du hast mir doch erzählt, dass du je entführst wurdest." Ich nicke und schaue ihn beunruhigt an. „Was ist passiert? Haben sie mich etwa schon gefunden." Herr Tiagos nickt. „Eine Frau namens Leya Zardu stand eben vor der Tür und wollte dich. Am liebsten würde ich dich in Sicherheit wissen. Nur ich habe keine Ahnung wie ich dich vor denen je schützen kann, denn dein Zustand ist nun auch nicht gerade jetzt besonders stabil. Verzweifelt fährt er sich durch sein blondes Haar und wie so oft erinnert mich das einfach zu sehr an Aljeca. „Dann weiß ich was zu tun ist, ich huste kurz. „Kennen Sie die Meister-in Bethy?" Er lacht auf. „Bethy, das ist ja klar, sie ist schließlich die große Meisterin von uns allen Vampiren." Tränen bilden sich bei mir, ich kann doch noch nach Hause zu meinem Ehemann. Dann lächle ich. „Rufen Sie die Meisterin umgehend an,bitten sie um sofortige Hilfe, ich bin mir sicher sie wird schnellstmöglich bei uns sein." Er runzelt die Stirn. „Ich muss dich enttäuschen, Bethy kümmert sich nicht um solche Angelegenheiten. Sie mischt sich nur ein wenn es um Krieg geht." Ich schüttelte den Kopf. „Nein nicht bei mir,mein Mann ist ihr Neffe. Davon weiß nur niemand Ich vermute mal das sie alle mich schon so oder so suchen. Versuchen Sie es, bitte, Sie haben wirklich nichts zu verlieren, womöglich können Sie mir ja noch mein Leben retten." Er steht auf und greift zum nächstbesten Telefon. Nach ein paar Minuten ist ihre Stimme zu hören. „Hier ist das Oberhaupt der Vampire, Sie sprechen mit der Meisterin Bethy Bethy persönlich. Wie kann ich Ihnen helfen?" Herr Tiagos räuspert sich. „Miss Bethy,hier spricht Waraus Tiagos, ich komme aus Sibirien,ich habe hier eine junge Dame aufgenommen, mit dem Namen Sia Ores, ist diese junge Dame Ihnen bekannt?" „Aber ja, geben Sie mir Miss Ores auf der Stelle! Schnell gibt er mir das Tele fon, Tränen erstickt huste ich halb ins Telefon. „Bethy?Sie lacht erfreut auf. Sia! „Wie geht es dir? Ist alles okay? Aljeca macht sich große Sorgen um dich! Ich muss je weinen. „Ja, Herr Tiagos und seine Kinder haben mich gerettet und sich um mich geküm- mert. Ich konnte vor Balera fliehen aber ich schätze sie wissen wo ich mich aufhalte, ich benötige dringend Hilfe." Weiter komme ich nicht denn ich muss je so stark Husten, dabei spucke ich Blut. Herr Tiagos entreißt mir das Telefon. Miss Meisterin, Sie müssen sich beeilen, ihr bleibt nicht mehr viel Zeit! Sie wird sonst ster- ben,sie muss unbedingt die Verwand- lung vollenden! Sie sagt nur schnell.

„Morgen früh sollten wir da sein. Ich werde natürlich auch Verstärkung mitbringen und lassen Sie bitte Sia nicht aus den Augen. Wir werden uns beeilen. Damit legt sie auf. Ich muss erneut kräftig Husten und es sammelt sich je erneut eine Menge Blut auf meiner Bettdecke.Danach urplötzlich wird mir unglaublich heiß und es tut sich alles anfangen zu drehen,ich japse nach Luft,doch es wird nich nicht besser,immer mehr verfalle ich in die Dunkelheit und werde je bewusstlos. Als ich später erneut aufwache sitzt Herr Tiagos immer noch neben mir. Er drückt mir einen kalten Lappen auf die Stirn. „Dein Zustand wird immer instabiler, ich weiß nicht ob du die nacht überleben wirst, dein Fieber wird immer schlimmer, du spuckst immer mehr Blut. Ich hoffe so sehr das du je noch durchhältst,die

Tinktur scheint gar nicht mehr anzu-
schlagen." Ich versuche ihn je anzu-
lächeln. „Herr Tiagos, es ist schon
okay, ich akzeptiere mein Schicksal.
Wenigstens darf ich nun bei so einer
tollen Familie sterben. Sie sind ein
guter Vater und ich bewundere ihre
tolle Arbeit. Sie helfen Menschen in
Not die von Vampiren gejagt werden,
ich bin mir sicher Sie haben schon
einige Menschen gerettet." Er blickt
traurig weg. „Ich war nicht immer
ein Vampir, ich war ein Mensch so
wie meine Kinder. Meine Frau war
eine wunderschöne Frau, sie war eine
Künstlerin, eines Nachts kam sie von
einer Gala heim, sie sagte mir, sie
hätte das Gefühl jemand würde sie
immer beobachten. Ich dachte mir
nichts dabei und versuchte sie je zu
beruhigen, dass sie sich das vielleicht
einbildete.Aber eines Abends kam sie

dann nicht mehr heim. Ich alarmierte die Polizei, die darauf ihre Leiche fanden. Sie wurde von einem Tier angefallen und ermordet. Wir wissen beide dass, dies nicht wahr ist. Also beschloss ich ihren Mörder zu finden. Ich fand ihn dann in einer dreckigen Taverne, für spzielle Gäste. Im Kampf machte er mich zu einem Vampir aber ich konnte ihn letztendlich doch strafen, für das was er meiner wunder -schönen Frau antat. Meine Kinder waren noch jung, es war für mich anfangs nicht leicht so zu leben, als meine Kinder älter wurden, erzähle ich ihnen die Geschichte, bis auf den Mord an ihrer Mutter, ich sagte ich würde Menschen vor den Kreaturen retten, in Wahrheit wollte ich mich nur von meinen Schuldgefühlen je lösen, einen Grund um zu rechtferti- gen, das ich Schuld bin dass sie tot ist' weil ich ihr je nicht glauben wollte. Diese Schuld lastet bis heute noch auf meinen Schultern und ich versuche wirklich mit jeden Menschen den ich retten kann, sie von meinen Schultern zu lösen, aber ich habe einfach aufgehört daran zu glauben. Meine Trauer ist zu groß und mein Leid zu tief in meiner Seele vergraben. Sia ich bin nicht so ein Held wie du glaubst,das sind nur meine geliebten Kinder, sie alleine helfen so zahlreichen menschen, ob Frauen oder Kinder, sie retten sie und beschützen sie, dass was ich nie konnte."

Den Schmerz den er je empfindet, es belastet ihn so sehr, obwohl Layana so aufgeweckt und fröhlich ist, lastet ein so großes Unglück über ihre Familie. Ich würde ihnen gerne helfen sich von der großen Last zu befreien, aber meine Zeit läuft selber ab und dieser Mann muss erneut leiden. Er konnte wieder eine Frau nicht retten. Ich muss krampfhaft husten, und dann muss ich mich je übergeben. Sterne tanzen um mich und ich falle wieder in Ohnmacht.Ich winde mich, ich bin schweißgebadet.Meine Augen brennen, mein Mund fühlt sich sehr trocken an, ich kann kaum sprechen, mir ist eiskalt. Der Schwindel nimmt zu und ich habe das Gefühl das Ende naht, ich verfalle in Panik, ich darf noch nicht sterben,ich habe mich von Aljeca noch nicht verabschiedet. Ich versuche zu schreien aber es kommt kein Laut von mir heraus.Tränen verschießen meine Augen. Ich schließe meine Augen, es wird je bald vorbei sein.Dann legt sich eine warme Hand auf meine Stirn und dann eine Stimme, ich denke ich bin schon so völlig

weggetreten das ich mir schon vor-
stelle das Aljeca hier ist, ich habe das
Gefühl über Raum und Zeit schon
vergessen. Doch dann noch eine zärt-
liche Berührung und ein flehen. „Sia
stirb bitte nicht, ich bin jetzt da und
werde dich retten, bitte verlasse mich
nicht,deine Zeit ist noch nicht gekom
-men um Lebewohl zu sagen." Leise
flüstere ich mit letzter Kraft. „Es tut
mir leid, du bist nicht hier Aljeca, das
ist nur eine Illusion. Mir kommen die
Tränen, doch er kommt näher und
küsst mich nun und dafür das, es hier
eine Illusion ist, sind seine Lippen
einfach zu echt. Ich fahre mit meinen
kalten Händen durch seine Haare, sie
sind so fest,er ist wirklich da, er rettet
mich wirklich. „Aljeca, du bist wirklich da." Ich versuche mich dann mit
meiner Kraft die mir übrig bleibt nun
aufzuraffen.„Sia,Sia du darfst mich je

nicht verlassen, du bist alles was ich habe,alles was ich brauche,du gehörst an meine Seite und ich will dir jedoch nicht Lebewohl sagen. Mit den Beeren Gebräu das meine Tante mir übergab, flöste ich es Sia je langsam ein. Und es scheint nun tatsächlich zu funktionieren. Es schlägt sofort an,ihr kahler kalter Körper, beginnt sich wieder mit Leben zu füllen. Ich kann es nicht glauben, wie kraftvoll mein Körper nun geworden ist. Alle meine menschlichen Sinne sind nun deutlich besser geworden. Alles ist verschärft, jede Bewegung,Geruch sogar Geschmack,alles ist intensiver.Meine Verbindung zu Aljeca ist so stark als wären wir eins. Ich kann fühlen, was er fühlt. Wenn er nicht bei mir ist und ich mich konzentriere kann ich sogar sehen,was er sieht. Bethy ist ziemlich davon nun erstaunt,nur die wenigsten können das. Diese Fähigkeit ist je so besonders, dass sie sogar auf den anderen Partner übertragen kann. Ich habe so vieles neues an einem Tag gelernt, was es heißt nun ein Vampir zu sein. Bethy und ihre Männer verließen uns noch am selben Tag.

Ich bin glücklich, ich muss ein wenig lächeln. Es fühlt sich an wäre es wie beim letzten mal, als ich in ihrer Wanne lag, nur mit dem Unterschied, dass ich jetzt stärker und gesünder als je davor bin. Wie sie, verstreue ich Blüten ins Wasser und lasse mich dann darin umhüllen, ich atme den blütigen Duft ein, schließe die Augen und entspanne mich, schalte ab und lasse alles hinter mir. All die Angst, die die je grausamen Schmerzen, die schrecklichen Augenblicke, selbst die Wut die immer noch so in mir brodelt und am schlimmsten die Hilflosigkeit als ich dachte, dass ich wirklich dem Ende zuneige. Ich tauche unter, ich will das alles verschwindet, ich will nicht mehr zurückdenken. Ein lautes klopfen holt mich zurück und dann panische Schreie, ich schrecke auf, am Beckenrand sehe ich nun Layana. Dann ihre Rufe werden lauter. „Sia! Sia du musst hier sofort weg! Die Frau ist wieder da!" Ich versuche nun mich zu konzentrieren aber meine Sinne prägen sich auf einen metallischen Geruch. Und dann sehe ich es, Layana wurde gebissen. Ich versuche meine Begierde zu unterdrücken und unter Kontrolle zu bringen.Ich presse meine Zähne stark zusammen und schaue mir ihre Wunde sorgfältig und genau an. Dann blicke ich ihr in die Augen, die vor Angst geweitet sind. „Du brauchst keine Angst vor mir zu haben, ich bin zwar ein ganz frischer Vampir aber ich habe mich so gut es geht unter Kontrolle! Layana ich werde dir nicht weh tun, um Gottes Willen, dir verdanke ich mein Leben. Layana du blutest zu stark, es ist ein sehr tiefer Biss soweit ich je sehen kann, er wird sich sonst entzünden und das will ich nun verhindern. Du kannst dir so eine Blutvergiftung einfangen und ich will es nicht schön reden Layana, denn daran kann man sterben. Du bist ein Mensch, vergiss das nicht und pass bitte auf dein Leben auf. Jedenfalls können wir das nicht so lassen, es gibt nur eine Möglichkeit, du musst von meinem Blut trinken, damit deine Wunde heilt und danach bringen wir dich je in Sicherheit. Sie nickt. „Okay, kein Problem, ist nicht das erste mal, dass ich das mache mit dem Blut trinken, Vater hat schon oft so meine Wunden behandelt." Ich drücke ihre Hand. Herr Tiagos mag zwar denken, er hätte nur Fehler gemacht, dabei hat er so tolle Kinder groß gezogen und sie so gut beschützt. So schnell ich kann, ziehe ich mich an und teile mein Blut mit Layana, nachdem die Wunde verheilt ist, nehme ich ihre Hand und renne los. Doch im Flur werden wir bereits erwartet und werden nun abgefangen von den Dienern von Balera. Schnell weichen wir ihnen je aus, doch Leya persönlich kreuzt mir den Weg. Sie starrt mich finster an. „Du!Du hättest sterben sollen!" Jetzt werde ich dich eigenhändig töten!" Panik wächst in mir,plötzlich spüre ich wie Layana anfängt zu zittern, erneut drücke ich ihre Hand.„Keine Sorge Layana, ich werde uns daraus holen.Ich verprech' dir, ich werde dich beschützen."

Leya lacht je hönisch. „Du bist noch nicht mal lange ein Vampir,wie willst du die Kraft aufbringen und mich je besiegen?" Dann lacht sie wieder so ekelhaft. Diese Frau macht mich so wütend, das ich die Hitze regelrecht fühlen kann, meine Wut steigert sich immer mehr. Leyas lachen erstirbt urplötzlich und je Furcht erreicht ihre Augen. „Deine Augen! Wieso schimmern deine Augen so rot? Doch ihre Stimme bricht ab, die Furcht steht ihr mitten ins Gesicht geschrieben und dann ergreift sie mit den Männern die Flucht. Erleichtert seufze ich auf aber das Adrenalin pumpt noch in meinen Adern. Layana stottert nur noch leise: „Sia, deine Augen sind wirklich sehr rot, die Frau hat recht sie sind wirklich angsteinflößend, außerdem verbrennst du meine Hand fast,du bist so heiß!Alles okay mit dir? Erschrocken lasse ich schnell ihre Hand los, sie ist knallrot! Was ist nur mit mir los? Ich wollte sie doch beschützen und jetzt habe ich sie eigenhändig je verletzt. Tränen schießen mir in die Augen und ich flüstere: „Layana es tut mir leid! Danach renne ich so schnell ich kann davon, ich will nicht noch einmal jemanden verletzen!

Ich laufe seit einer Weile in der Stadt herum, es will mir einfach nicht aus dem Kopf gehen.Ich habe Layana ein -fach verletzt, obwohl sie mir nun so nahe steht, kann ich ihr einfach nicht mehr in die Augen sehen. Was da soeben passiert ist,das war die Tat eines Monsters, ich bin je das Monster, ich realsiere den Scheiß einfach, nun gar nicht mehr. Meine Gedanken machen mich kaputt, wie die Vorstellung das ihr irgendwas passieren hätte können, ich darf nicht vergessen, ich bin jetzt ein Wesen dass nun leichter jemand' töten kann, ein Mensch ist nun so zer -brechlich wie ein Stock über den ich darüber laufen würde und er würde bei meinen Körpergewicht einfach wahllos zerbrechen. Gedankenlos betrachte ich die kleine leuchtende Stadt. Die Sonne sinkt allmählich, es neigt sich immer mehr zum Abend hin. Die Straßen sind noch voll aber auch das ebbt sich so nach und nach ab, noch beginnt die Gefahr nicht, die Gefahr vor der Nacht und ihre zwie- lichtigen Schatten. Ich sehe wie die Sonne zwischen den Tannen nach und nach verschwindet,sie hinterlässt Dunkelheit und Kälte. Ich befinde mich schon tief im Wald, zwar nähe des Anwesens doch trotzdem in mit- ten des Dicklicht.Früher hätte ich nie -mals mitten in der Dunkelheit einen

Wald betreten aber nun mit der einen Macht und dem andern Lebensstils eines Vampirs ist das was anderes. Der Duft der Kiefernzweige ist so intensiv und einfach atemberaubend, er erfüllt mich, unter mir gibt der Moosboden bei jeden meiner Schritte etwas nach. Meine Sinne sind jedoch geschärft, ich kann aus weiterer Entfernung einen Bach hören,ich beweg' mich auf ihn zu, das leise rauschen ist wie Musik in meinen Ohren, ich lasse automatisch meine Hand in das kalte Wasser sinken. So leise wie es fließt und beruhigt,keimt der Wunsch in mir auf. Ich würde einfach je mal gerne, ein sorgenloses Leben führen, nicht gejagt werden, nicht getötet werden wollen, einfach nur Leben. Ich höre nun Äste knacken, blitzartig drehe ich mich um, meinen Angreifer in die Augen zu sehen und ihn zu Fall zu bringen.Aber ein sehr angenehmer Geruch steigt mir jedoch in die Nase, schware Haare. Kein Angreifer, einfach nur Aljeca, mein Ehemann und der Mann der mir am meisten was bedeutet, die Liebe meines Lebens. Er schreitet langsam auf mich zu, fast schon so um zu sehen ob ich je die Flucht ergreife. Dann schaut er mich eindringlich mit seinen blauen Augen an. „Hier bist du also. Ist alles okay mit dir? Ich habe gehört was passiert ist. Möchtest du mit mir, je darüber reden?" Ich wünschte ich könnte ihm in die Augen sehen und sagen, er müsse sich nicht sorgen aber meine Gefühle zerreißen mich und Tränen steigen auf. „Ich habe Layana verletzt, Aljeca ich bin ein Monster. Wie konnte ich nur?"Er zieht mich an sich sich."Du bist kein Monster. Ich weiß alles ist je merkwürdig aber ich weiß, du wolltest Layana um jeden Preis beschützen. Sie ist ganz schön durch den Wind. Sie macht sich keinesfalls Sorgen um das was geschehen ist. Sie hat Angst das du nicht mehr wieder kommst, sie sorgt sich ganz allein um dich.Jedenfalls solltest du sie nun beruhigen anderfalls weiß Herr Tiagos nicht weiter. Sie hatte bisher nie eine Freundin, ich denke wir sollten uns nun langsam je auf dem Rückweg machen." Ich nicke, er nimmt meine Hand in seine und drückt sie leicht, danach kehren wir zum Anwesen je zurück. Herr Tiagos hat bereits die Tür geöffnet, sein Ausdruck nach, scheint er sehr verzweifelt zu sein. Layana sitzt mit einem Kissen zusam -men gekauert auf der Couch und weint ununterbrochen. Sanft lege ich meine Hand auf ihre, ich habe ganz vergessen, dass sie noch so jung ist.

Mit einem nun Tränenüberströmten Gesicht schaut sie mich schuldbewusst an. Dieser Anblick geht mir unter die Haut und ich spüre je ein Ziehen in meinem Herzen. Dann nehme ich sie fest in den Arm und drücke sie. „Layana, es tut mir leid, es tut mir auch so unendlich leid. Ich wollte nicht einfach gehen aber bitte verstehe doch du wärst niemals in Gefahr geraten, wenn ich nicht hier wäre. Dein Vater hat sich gewünscht, dass ihr behutsam und geschützt aufwächst. Ich weiß ihr helft verletzten Menschen und ich finde das auch wunderschön und stark von euch. Aber wir Kreaturen der Nacht, sind dazu Menschen je zu verletzen und heute, du hättest sterben können." Sie wischt sich ihre Tränen je am Handrücken ab. „Mag sein das ich hätte je sterben können, aber ich bin es nicht, weil du mich gerettet hast. Hätte ich dich nicht gerettet, dann hätten wir uns nie angefreundet. Ich bin wirklich froh, dass wir uns je getroffen haben." ich drücke sie erneut ganz fest an mich. Layana schaut mich an und lächelt.

ENDE